U0546290

銀髮川柳4

人生已經不迷茫，但是會迷路

シルバー川柳5　確かめるむかし愛情いま寝息

統籌者／日本公益社團法人全國自費老人之家協會
編者／POPLAR社　繪者／古谷充子

suncolor 三采文化

銀色／銀髮族

【シルバー（silver）】

關於擔憂與煩惱

老一輩朋友獨有的煩惱，可說是銀髮川柳的創作核心。根據日本內閣府於二〇一四年的「老年人日常生活民意調查」中報告顯示，銀髮族們最關心且煩惱的問題，依序是「自己或配偶的健康或疾病」、「照護」，和「收入」。

此外，《日本經濟新聞》在二〇一二年對一千名受訪者進行的調查中，則顯示出：「判斷力隨著年齡增長下降」、「裝修房屋」、「想結交更多朋友」、「睡不著覺」、「居家安全」等，也都是老人家特別擔憂與煩惱的項目。

把「身分證號有嘸？」
聽成了
「南無阿彌陀佛＊」

澤登清一郎／男性／山梨縣／六十七歲／自雇者

＊譯者按：日文中的「個人編號（類似台灣的身分證號）」與「南無阿彌陀佛（ナンマイダー，非正式的呼佛號）」發音相似。

直到試了「壁咚」
才終於
成功換好褲子

伊藤敏晴／男性／福井縣／六十九歲／無業

真不願相信
大腦訓練時
才發現自己有夠老

魚板／女性／愛媛縣／六十七歲／無業

人生已經不迷茫
但現在
卻會迷路

片上映正／男性／愛媛縣／四十七歲／公務員

藥越吃越多
記憶卻越來越少
這就是變老

黃昏迫子／女性／愛知縣／六十八歲／家庭主婦

相簿裡
有張便條寫著
「遺照用這張」

鈴木富士夫／男性／埼玉縣／六十五歲／自雇者

和老狗
一起爭搶
碗裡掉出的飯菜

貪吃的孩子／女性／熊本縣／六十八歲／家庭主婦

手腕沒法舉高的
低空擊掌
又稱老人擊掌

春十八番／男性／北海道／四十八歲／上班族

在這個讚頌
長壽的世界
孩子們真辛苦呀

裏山子狸同盟／女性／愛媛縣／六十三歲／
兒童英語教室講師

要是沒寄賀年卡
大家可能會偷猜
我人沒了

角森玲子／女性／島根縣／四十七歲／自雇者

老人群聊最開心
沒人會在意
我們是真癡呆還假糊塗

小田島忠彥／男性／神奈川縣／七十四歲／自由業

請對方重複講
第三次後
只好笑笑假裝聽懂了

廣瀨昌晴／男性／大阪府／六十九歲／無業

「浪花節是
什麼亂花錢的節*啊？」
太太這樣問

日比野勉／男性／岐阜縣／七十四歲／無業

*譯者按：浪花節為一種日本傳統說唱藝術形式。

生前整理
湧上的回憶
讓我進度很慢

花見月／女性／神奈川縣／九十二歲／無業

「這個好可惜哦！」
回過神來
家裡成了垃圾屋

老年人／女性／東京都／六十三歲／無業

即便是這樣的我
未來寫給我的悼念文
也一定都是好話

山口義雄／男性／千葉縣／七十二歲／自雇者

老人協會裡
人人都能搖身一變
成為神醫

井上榮二／男性／千葉縣／八十二歲／無業

曾經昂首闊步
現在也得
低頭看路走了

阿樂／男性／埼玉縣／六十九歲／自雇者

四十年來我都必須明白
料理很清淡
是因為妻子愛我

中村和雄／男性／千葉縣／八十歲／無業

掛上臂章
遊蕩老人瞬間化身
社區巡守員

橋本澄子／女性／大分縣／五十九歲／上班族

曾經糾結他愛不愛我
現在只想知道
他是否還有呼吸

澤井拓司／男性／廣島縣／六十四歲／無業

孫兒的名字
我不會寫，不會唸
甚至不知道有何寓意

柴田弘二／男性／福島縣／七十八歲／無業

近來越來越稀薄的東西
頭髮、記憶
存在感

北斗／女性／大阪府／四十六歲／家政人員

智慧型手機是什麼聰明的雞嗎？老爸這麼問

山崎志郎／男性／三重縣／六十八歲／無業

過去在圖書館
打瞌睡的報應
老後拚命失眠

小松武治／男性／東京都／七十六歲／無業

あ
い
う
え
お
か

從「ㄅ」行開始找*
終於想起
我剛剛在想什麼

鴫原峰／女性／福島縣／七十二歲／家庭主婦

*譯者按：原文為日文五十音中的第一個音「あ」。

原本已在籌備自己後事
自從遇見了你
開始思考我們的婚事

歡迎新婚人士！／女性／群馬縣／五十二歲／
家庭主婦

好不容易熬到退休
太太卻變成
新上司

猪俣峯子／女性／福岡縣／六十八歲／家庭主婦

走進家門
坐下後才發現
這不是我家呀

林原空／女性／鹿兒島縣／二十一歲／學生

今天看整形外科
明天行程是
內科和泌尿科

黑木充生／男性／大分縣／七十三歲／無業

先預告孩子
我可沒遺產
只有過多的胃酸*

大阪小優／男性／大阪府／五十九歲／自雇者

*譯者按：日文「遺產」音同「胃酸」。

芭蕾舞表演會
只有我太太像海獅
跳著盂蘭盆舞

小目小姐／女性／大阪府／六十二歲／家庭主婦

晚餐時間比較晚
因為得在超市搶
黃昏半價出清品

江戶川散步／男性／千葉縣／六十二歲／自雇者

練習寫書法
太太探頭問
這是你的戒名嗎*？

蓮見博／男性／栃木縣／六十二歲／無業

*譯者按：受佛教文化影響，日本人在過世後，多會使用類似諡號的「戒名」。

久久才露臉一次的媳婦
絕對是
以客人自居

ＯＫ／女性／埼玉縣／六十三歲／兼職

人生八十載
首次覺得自己有魅力
是在照護中心

BIG MAMA／女性／香川縣／三十歲／
醫院兼職人員

從佛壇上
借幾根蠟燭來
過過生日吧

鈴木富士夫／男性／埼玉縣／自雇者

領年金的日子
每次都希望
也有年終獎金

浦羊次／男性／岐阜縣／七十二歲／無業

隨著年紀增長
人人都能領到
「腦背爾獎」

安井稔夫／男性／埼玉縣／八十三歲／無業

所謂餘生
就是順著妻子
活下去

加茂知巳／男性／千葉縣／八十歲／無業

只是想沖水
卻不小心按到
公廁的緊急按鈕

播摩谷京香／女性／北海道／十一歲／小學生

我只是去散步

為什麼一直唸

「不要忘記回家喔」

加藤義秋／男性／千葉縣／六十七歲／無業

開學的只有
孫子一人
全家老小卻一起出動

中井郁子／女性／岐阜縣／四十九歲／兼職

X光檢查
「憋氣一下喔」
忍不住開始狂咳

竹內照美／女性／廣島縣／五十八歲／上班族

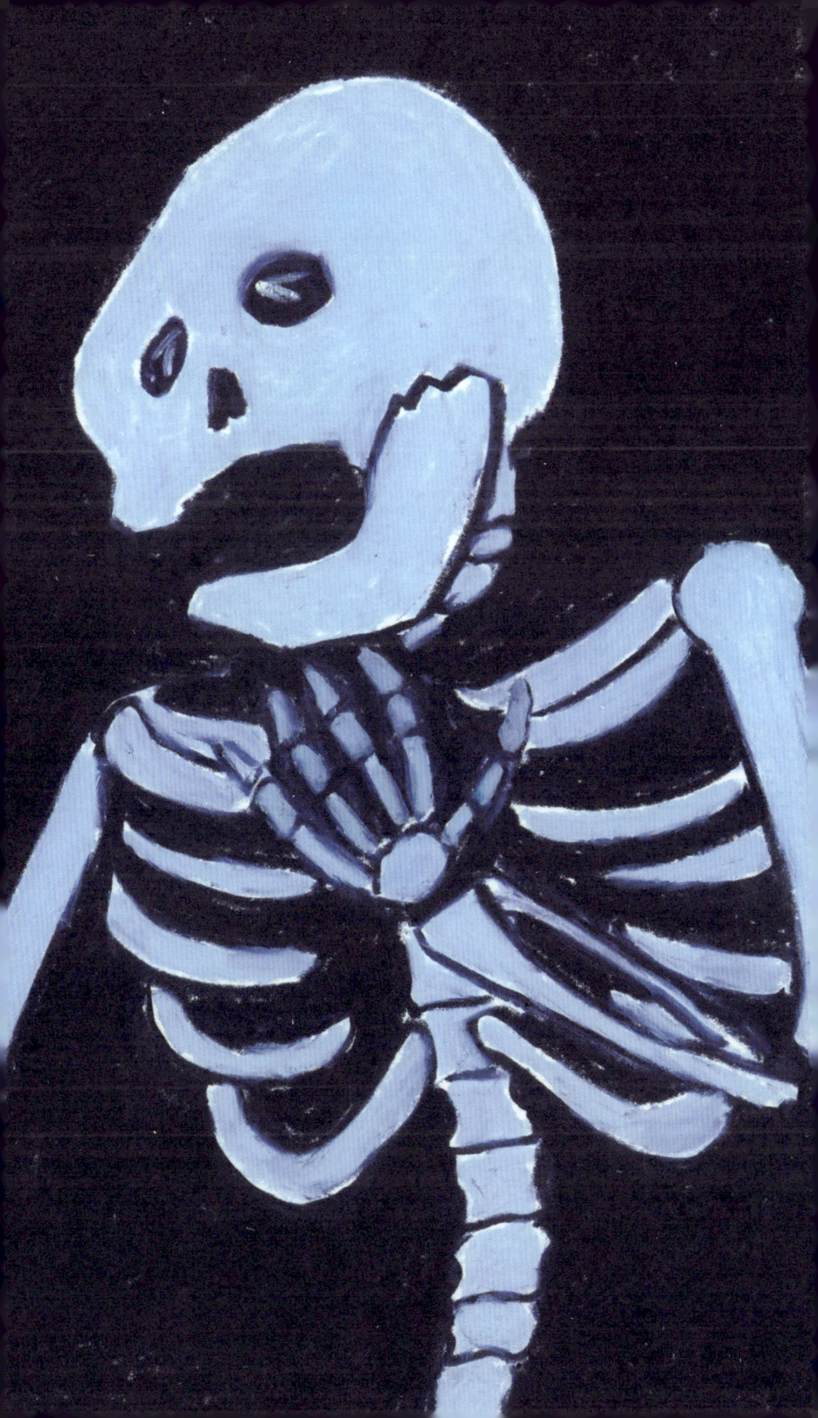

長青不老的最佳能量景點永田町*

猪口和則／男性／愛知縣／五十三歲／上班族

*譯者按：多個日本中央行政機關總部的所在地，因而成為日本政界的代名詞，日本長期以來一黨獨大、長青不倒的自由民主黨總部也位於此。

臉上皺紋多到
分不出
喜怒哀樂

增田真奈美／女性／東京都／四十五歲／家庭主婦

同學會
大家乾杯前
先為逝去的人默哀

下條戀蛇／男性／東京都／七十七歲／無業

ER

危急時刻
救護車總是比
兒子先到

海老原順子／女性／茨城縣／五十九歲／家庭主婦

孫子長大了
三人並排睡，不再是「川」字
而是「小」

松川淚紅／男性／埼玉縣／七十七歲／無業

孫子說這是在
「亞馬遜」上買的
他什麼時候跑去南美洲？

高橋和佳奈／女性／高知縣／二十八歲／家庭主婦

伸展運動身體好！
結果拉傷了筋
被送進醫院

山本一己／男性／千葉縣／六十六歲

我是很想活到
一百歲呀
可惜錢包不給力

金子秀重／男性／岐阜縣／六十一歲／自雇者

上了年紀
光是站著
就像在跳草裙舞

伊藤久子／女性／埼玉縣／八十四歲

打了個噴嚏！
比起擤鼻子
該先夾緊屁股

雨宮惠二／男性／大分縣／八十三歲／無業

先讓狗狗記住
我衣服的味道
就不怕我走丟了

鍬田美奈子／女性／熊本縣／六十一歲／家庭主婦

看護要來了
趕緊把家裡
收拾清潔一下

老見榮晴／男性／神奈川縣／六十四歲／無業

百歲的媽媽對我說
你可千萬別不要
比父母先走啊

中川潔／男性／福井縣／四十九歲／上班族

說到天氣預測
我的膝蓋可是
比氣象報導還準

西田勳／男性／北海道／七十七歲／無業

照護中心
大家都在比
誰家兒媳最可惡

久保木主稅／男性／千葉縣／五十九歲／公務員

檢查結果出爐日
老媽堅定地
請家人陪她聽報告

門脇信博／男性／兵庫縣／六十四歲／
社會保險人員

「你更喜歡
爺爺還是奶奶呀？」
兩人對著狗狗問

延澤好子／女性／神奈川縣／六十二歲／兼職

平時就路痴
所以找不到黃泉路
人還好好在這裡

可可／女性／埼玉縣／四十一歲／家庭主婦

老爸量血壓
總是得一路量到
他滿意為止

田中多美子／女性／三重縣／六十歲／家庭主婦

都已經出站了
媽媽還在找
她的車票

平野喜美代／女性／東京都／六十八歲／花店老闆

待在人多的地方
會換氣過度
睡覺則會呼吸中止

玉谷文子／女性／大阪府／五十六歲／家庭主婦

「真的只是睡著了嗎？」老伴用力把我搖醒

阿部浩／男性／神奈川縣／五十四歲／上班族

孫子走路搖搖晃晃
我追在後面
踉踉蹌蹌

西村嘉浩／男性／神奈川縣／七十三歲／無業

孫子的學步車
就先留著吧
我可能還會用上

小野寺祐次／男性／北海道／六十一歲／無業

帥哥醫生值勤時
我總會湊巧
染上感冒

赤木貴枝／女性／千葉縣／四十八歲／家庭主婦

雖然還可以
直挺挺走路
小便卻會不小心測漏

星川靜香／女性／岩手縣／七十一歲

被照護員抱起
爺爺竟然
臉紅了

源義弘／男性／愛媛縣／四十六歲／自雇者

去ＡＴＭ領錢
沒人想排在
我後面

山下奈美／女性／靜岡縣／四十歲／家庭主婦

通帳
カード
お引出し
お預け入れ
お振込
残高照会
通帳記入
その他

說起夜生活
以前由我帶頭
現在都得靠太太

青木茂久／男性／岐阜縣／六十五歲／上班族

和孫子玩遊戲
發現他已經
開始手下留情了

田岡弘／男性／香川縣／七十一歲／無業

想事先取個好戒名*
特地跑了趟寺廟
請和尚給點意見

南政義／男性／大阪府／七十三歲／無業

*譯者按：受佛教文化影響，日本人在過世後，多會使用類似謚號的「戒名」。

已經稱不上人才
還是默默把自己的資料
登錄人才資料庫

角森玲子／女性／島根縣／四十五歲／自雇者

孫子說
「那邊那個爺爺
就是一萬塊*」

我樂多／男性／大阪府／七十五歲／無業

*譯者按：指該名老者貌似日幣萬元鈔票上的「福澤諭吉」肖像。

早餐時間
老伴問我
「今天晚上吃什麼？」

阿直媽媽／女性／三重縣／六十三歲／家庭主婦

老人協會
誰吃的藥最多
誰就是會長

高島修／男性／埼玉縣／六十二歲／上班族

終於等到
詐騙電話打來了
迫不及待開始說教

田中伯子／女性／岐阜縣／七十三歲／家庭主婦

被診斷了
最新的病名
藏不住臉上的得意

橋立英樹／男性／新潟縣／四十六歲／公務員

老俩口
轉著地球儀
夢想世界旅行

石川昇／男性／東京都／五十九歳／銀行職員

三更半夜
老夫妻兩人
排隊上廁所

徳田瑞木／女性／大阪府／七十歲／無業

我也想坐輪椅呀
推著老伴的我
偷偷這樣想

井田富江／女性／神奈川縣／八十五歲／無業

妻子與我
不知不覺已變成
妖和怪

木瓜／男性／神奈川縣／七十七歲／無業

故意不接電話
孩子就會來探望
這是老父母的智慧

酒井具視／男性／東京都／三十七歲／上班族

吃年糕前
都得做好
最壞的打算

山田大緒／男性／北海道／五十六歲／上班族

老頭子用原子筆
試著拉長
自己的生命線

野瀨智慧子／女性／千葉縣／七十五歲／無業

結語

正面看待衰老，愉快度過每寸光陰

「不禁哈哈大笑，並且深深地感同身受」、「每當與親朋好友聚會時，我總是會帶這系列的書分享」——十分感謝讀者們的喜愛與回饋，有大家的支持，《銀髮川柳》才得以迎來本冊的出版。

本系列書籍，是由日本公益社團法人全國自費老人之家協會主辦的徵文活動「銀髮川柳」所徵集的作品，集結成冊。該徵文活動的目的，是希望通過簡單的川柳創作，讓大眾正面看待衰老，並能帶著笑容愉快地度過每一天。此徵文活動自二〇〇一年以來每年舉辦，截至二〇一五年，已收到超過十四萬八千首之多的作品。

在二〇一五年的第十五屆活動中，我們共收到一萬一千八百九十九首作品投稿。投稿者的平均年齡爲七十一．四歲，最年長的是一百零二歲的女性，最年輕的則是十一歲的小學生。其中，又以七十歲至七十九歲的人數最多，占了約三分之一，其次是六十幾歲與八十幾歲的族群。男女比例上，男性占了五三．二%，女性則是四六．六%，相比前一屆，女性參與者的比例略有增長。

本書收錄了第十五屆入選的二十首作品，以及另外六十八首作品，同時也由讀者們熟悉的插畫家古谷充子創作插圖，進一步增添作品的幽默感。

時事新詞入詩，銀髮族的創新力絲毫不減

川柳的常見題材之一，便是用自嘲的風格謳歌因年齡增長所帶來的「容貌、體力、認知的衰退」，另外，本次投稿中「家庭」也成了另一個重要主題。描寫退休後丈夫無所事事的作品依然是經典。描寫與孫子之間除了高興同時又有些失落的交流，與姻親、妻子、父母、祖父母等親人之間的各種互動，也表現出各種酸甜苦辣。

此外，川柳的另一個特點，便是會融入時事的關鍵字。二〇一五年正值二戰結束七十週年，因此「戰爭」、「和平」、「自衛權」、「安保」等詞語也在作品中頻繁出現。另外，「終活」、「生前整理」等也顯現出老年世代高度關注的關鍵詞，以及來自電影或新聞的詞語，如「壁咚」、「身分證號」、「大腦訓練」、「無人機」、「Let It

Go」（電影《冰雪奇緣》［*Frozen*］的主題曲）等，都出現在本屆投稿作品中。與上一屆一樣，以「東京奧運」爲主題的作品也出現了。

例如「藥越吃越多／記憶卻越來越少／這就是變老」（六十八歲，女性）、「老人協會裡／人人都能搖身一變／成爲神醫」（八十二歲，男性）等描寫經典題材的作品，以及「直到試了『壁咚』／才終於／成功換好褲子」（六十九歲，男性）、「把『身分證號有嘸？』／聽成了／『南無阿彌陀佛』」（六十七歲，男性）等以時事熱詞爲主題的寫作，創作出了富有創意且貼近生活的作品。

願大家能積極地面對衰老。儘管每個人都有自己的煩惱和不安，但希望大家能透過與家人朋友一同分享笑聲，讓每一天都過得更快樂。如果這本書能成爲大家的力量源泉，將會是我們的無上喜悅。最後，我們想藉本書發行之際，對那些欣然同意將自己作品收錄進書中的作者們，表示衷心的感謝。

日本公益社團法人全國自費老人之家協會

POPLAR 社編輯部

本書內容，是由全國自費老人之家協會主辦的「銀髮川柳」活動的入圍作品和投稿作品收錄而來。

其中包括：第十五屆入圍作品，以及第十三至第十四屆投稿的優秀作品。

- 入圍作品部分，是由全國自費老人之家協會選出；投稿優秀作品則是POPLAR社編輯部精選收錄。
- 其中作者的姓名／筆名、年齡、職業、地址等資訊，均按投稿時的資訊為準。

統籌者介紹：

日本公益社團法人全國自費老人之家協會

成立於一九八二年，旨在照顧自費養老院的使用者，並促進長照、養老領域的健全發展。該協會的運營範圍相當廣，包括入住諮詢、業者經營支援、入住者基金管理、員工培訓等多個方面，並獲得日本厚生勞動省的認可。

「銀髮川柳」為該協會主辦，自二〇〇一年起每年舉辦的短詩徵集活動。只要是與高齡化社會、高齡者的日常生活相關，題材、申請資格皆無任何限制。為反映日本步入超高齡社會，並為銀髮世代發聲的獨特活動。

國家圖書館出版品預行編目資料

銀髮川柳 4：人生已經不迷茫，但是會迷路 / 日本公益社團法人全國自費老人之家協會編，古谷充子繪；洪安如譯
. -- 臺北市：三采文化股份有限公司，2025.05
面； 公分 . -- (Mind map；290)
ISBN 978-626-358-639-0(平裝)

861.51 114002015

suncolor 三采文化

Mind Map 290

銀髮川柳 4：

人生已經不迷茫，但是會迷路

統籌者｜日本公益社團法人全國自費老人之家協會
編者｜ POPLAR 社　譯者｜洪安如　繪者｜古谷充子
編輯三部副總編輯｜喬郁珊　責任編輯｜楊皓　版權選書｜劉契妙
美術主編｜藍秀婷　封面設計｜莊馥如　內頁編排｜鄧荃
行銷協理｜張育珊　行銷企劃｜陳穎姿

發行人｜張輝明　總編輯長｜曾雅青　發行所｜三采文化股份有限公司
地址｜台北市內湖區瑞光路 513 巷 33 號 8 樓
傳訊｜TEL: (02) 8797-1234　FAX: (02) 8797-1688　網址｜www.suncolor.com.tw
郵政劃撥｜帳號：14319060　戶名：三采文化股份有限公司
本版發行｜2025 年 5 月 2 日　定價｜NT$250

SILVER SENRYU 5 TASHIKAMERU MUKASHI AIJO IMA NEIKI
Copyright © Japanese Association of Retirement Housing 2015
Illustrations Copyright © Michiko Furutani 2015
All rights reserved.
Originally published in Japan in 2015 by Poplar Publishing Co., Ltd.
Traditional Chinese translation rights arranged with Poplar Publishing Co., Ltd.
through AMANN CO., LTD.

著作權所有，本圖文非經同意不得轉載。如發現書頁有裝訂錯誤或污損事情，請寄至本公司調換。 All rights reserved.
本書所刊載之商品文字或圖片僅為說明輔助之用，非做為商標之使用，原商品商標之智慧財產權為原權利人所有。

編註：川柳由日文翻譯為中文後，為精準呈現出句意中的詼諧幽默，並未拘泥於「5、7、5」字數格式。